大熊的禮物

朋友收到你的禮物囉！

你覺得雪人會變成什麼樣子呢？

在瓶子內畫畫看，

然後在空白處畫出朋友收到禮物時開心的樣子吧！

大熊和小動物們合力完成了雪人，

你也來做個超棒的雪人送給朋友吧！

在瓶子內畫上雪人，並在雪地畫上你喜歡的動物，

請他們一起來幫忙。

我和白眉黃鶲夫婦
ㄨㄥ

「拜拜！明年春天見。」

大熊替前往南國的白眉黃鶲夫婦送行。

現在他要去好好的睡一覺，

直到春天來臨。

高惠珍（고혜진）／文圖

繪本作家，也是插畫家。希望透過繪本與大家分享有關自然及動物的日常小故事。
《大熊的禮物》以詼諧逗趣的筆法，描寫即使看似笨拙，但真心總是能彼此相通的道理。
曾以《幸福的狐狸》一書榮獲2015年韓國安徒生獎銀獎，並獲選為2016年波隆那國際兒童圖書展年度插畫家，2017年入圍南怡島插畫比賽。個人創作有《幸福的狐狸》、《回家》等，以及在韓國和義大利出版的《我幫你畫》。

© **大熊的禮物**　　2019 **年** 7 **月初版一刷**

文圖／高惠珍　譯者／賴毓棻
責任編輯／陳奕安　美術設計／陳祖馨
發行人／劉振強　發行所／三民書局股份有限公司　地址／臺北市復興北路386號
電話／02-25006600　郵撥帳號／0009998-5
門市部／(復北店)臺北市復興北路386號 (重南店)臺北市重慶南路一段61號
三民網路書店／http://www.sanmin.com.tw
編號：S858951　ISBN：978-957-14-6664-4

大熊的禮物

高惠珍／文圖
賴毓棻／譯

三民書局

白雪紛紛落下。

看招！
哐噹！

嘻嘻
唉唷！

「呃啊啊！
吵死了！」

正在冬眠的大熊被吵醒了。

「外面到底在做什麼？吵得我睡不著。」

他氣沖沖的走了出去。

「哇～」
走出門外的大熊，
被生平第一次看到的景象嚇了一跳。

「冰冰軟軟的，好像棉花糖唷！」

啪噠 啪噠
嘻嘻

大熊覺得白雪太神奇了。

他蹦蹦跳跳的跑來跑去，開心的在白雪上留下腳印。

「大熊，你在做什麼呢？」

這時，有隻小老鼠走了過來。

「我在賞雪呀。

我也好想讓白眉黃鶲夫婦看看雪，

你有什麼好方法嗎？」

「那你要不要做個雪人寄給他們？我來幫你。」

「真是個好主意！小老鼠，謝謝你。」

大熊和小老鼠合力滾起雪球。

「是在做雪人嗎？」
路過的小兔子好奇的問。
「啊！如果讓雪人戴上手套，看起來會更棒喔！」
他脫下一隻手套交給大熊。
「小兔子，謝謝你！」

「大熊，你怎麼會有雪人啊？」

「這是我做來要寄給白眉黃鶲夫婦的呀，不錯吧？」

大熊向小狐狸炫耀著手中的雪人。

「嗯……如果讓它戴上帽子，看起來會更像真的雪人喔！」

他脫下頭上的帽子交給大熊。

「小狐狸，謝謝你！」

「大熊，你要去哪裡？」

「我要去郵局寄雪人給白眉黃鶲夫婦。」

「這樣啊！如果讓它繫上圍巾，雪人看起來會更帥氣唷！」

小豬解下脖子上的圍巾交給大熊。

「喔！謝謝你！」

大熊的心情變得更好了。

「謝謝你們。」

雪人看起來也很開心呢！

「應該會順利送到吧？

哈～嗯。那我要繼續睡到春天了。」

白眉黃鶲夫婦看到雪人應該會很開心，

大熊一邊想著一邊甜甜的睡著了。

「有您的包裹！」

大熊的禮物終於送到了溫暖的南國。

白眉黃鶲夫婦興奮的打開包裹。

住在南區132號的
白眉黃鶲夫婦收
住在431號
冬眠中的大熊寄

「咦？這是什麼？」

白眉黃鶲夫婦歪著頭看著禮物。

·

·

·

「啊，我知道了！」

他們在帽子做成的小船上，

悠閒的看書、睡午覺，度過了快樂的時光。

「啊，真涼快。」

「大熊，謝謝你！」

大熊，謝謝你